À Simran,
Joyeux Noël
Jean Lafond

This book passed through the Homewood Little Free Library

88043

AuthorHouse™
1663 Liberty Drive
Bloomington, IN 47403
www.authorhouse.com
Phone: 1-800-839-8640

© 2009 Jean Y. Lafond. All rights reserved.

No part of this book may be reproduced, stored in a retrieval system, or transmitted by any means without the written permission of the author.

First published by AuthorHouse 8/26/2009

ISBN: 978-1-4389-9446-8 (sc)

Printed in the United States of America
Bloomington, Indiana

This book is printed on acid-free paper.

Remerciements

À ma mère qui m'a inspiré à écrire et partager.

À Martin, ma source d'inspiration.

À Pierre Perreault pour les belles photos et son amitié.

À Dominique Viau pour le travail de graphisme.

Merci.

Dédicace

À tous les Adjani et Marek du monde qui s'assurent que la naissance de Jésus n'est pas oubliée. Peu importe l'âge, l'ethnicité, le sexe ou le statut de ceux-ci, ces collectionneurs de crèches sont grandement appréciés dans tous les pays pour leur dévouement, leur espoir d'un meilleur monde, rempli de paix, harmonie et sérénité.

Prologue

Il était une fois un petit garçon intéressé à collectionner des crèches provenant de divers pays. Au fil des ans, il accumula une centaine de crèches, la plupart offertes en cadeau surtout durant le temps de Noël. Son nom est Jean Y. Lafond. Il lui a semblé bon d'écrire un conte qui explique aux gens pourquoi certaines personnes collectionnent des crèches durant le temps de Noël.

Pays d'origine : Burkina Faso, Afrique
Matériau : batik

Le petit
Collectionneur de
CRÈCHES

Pays d'origine : Bengladesh
Matériau : céramique

Depuis quelques jours, l'enfant entend du bruit chez le voisin. Il ne le connaît pas encore puisqu'il vient de déménager dans cette nouvelle petite ville, Nazareth. Tous les soirs, l'enfant l'entend travailler dans son atelier de travail. Curieux, il se rend chez son voisin pour se satisfaire.

Par la porte entrouverte de l'atelier, il aperçoit son nouveau voisin qui est penché sur un travail, acharné et concentré sur quelques morceaux de bois. Dans ses mains, il tient un marteau; tout près se situent une scie et un rabot. Ses pieds sont couverts de copeaux de bois qu'il semble accumuler avec soin sous l'établi. L'enfant le regarde travailler, mais n'ose pas trop s'approcher, de peur de le déranger. Finalement, il entre et l'homme l'accueille avec un beau sourire et des yeux brillants.

Pays d'origine : Ontario Canada
Matériau : bois

Bonjour. Comment t'appelles-tu?

Marek. Je suis ton nouveau voisin depuis quelques jours.

Au même moment que l'homme entend le nom de Marek, il voit, par la porte restée ouverte, une étoile filante dans le ciel. Tout cela le fait sursauter de surprise. Voir une étoile filante est un phénomène totalement nouveau pour lui qui, pourtant, l'attendait depuis des années.

Enchanté de faire ta connaissance, Marek. Et bienvenue à Nazareth. Moi, je m'appelle Adjani.

Pays d'origine : Colombie
Matériaux : pierre, terre cuite, bois

Marek lui demande ce qu'il fait.

Je fais des crèches, lui répond Adjani.

Pourquoi? lui demande Marek.

Pour te l'expliquer, je vais te raconter une histoire. C'est une expérience mémorable que j'ai vécue quand j'étais très jeune, à peine plus âgé que tu ne l'es maintenant. Tu veux l'entendre?

Bien sûr! réplique Marek tout intrigué.

Pays d'origine : Angleterre
Matériau : tissu

Après avoir mis de côté son travail et ses outils, Adjani s'assoit sur un banc et raconte à Marek:

«Le tout commence tellement d'années passées qu'on pourrait penser que j'ai oublié cette histoire. Mais, tout est encore très clair dans ma mémoire, malgré le nombre de pleines lunes depuis, tellement c'est une histoire extraordinaire.

Un soir, sous le clair de lune, je suis accroupi dans l'herbe, laissant mes idées trotter dans ma tête. Les yeux grands ouverts et le sourire aux lèvres, je regarde mes moutons; puis, je pense à toutes les bonnes choses qui se passent dans ma vie. Malgré mes dix ans, je commence déjà à me sentir comme un homme puisque je travaille du matin au soir, comme mon père. Lui, il travaille à la ville quand rien ne le retient dans les champs et que tous nos animaux semblent bien satisfaits. Ma mère aussi est très occupée avec mes deux petits frères, Nadiv et Sagui, des jumeaux de trois ans. On est bien heureux ensemble et, après souper, je passe toujours un peu de temps avec mon père, dans son atelier, pendant que ma mère s'occupe des jumeaux.

Pays d'origine : Indonésie
Matériau : métal

Mon père adore sculpter et fabriquer des jouets pour mes petits frères. Depuis quelques mois, il me permet de l'aider de plus en plus. Depuis les dernières semaines, lorsque je suis à la maison, c'est moi qui fais la majorité du travail, sous l'œil attentif de mon père. Il me répète souvent que j'apprends vite et ses compliments m'encouragent à améliorer la qualité de mon travail. Tous les soirs, mon père apporte à la maison des morceaux de bois et de métal qui ne lui servent plus dans son travail à la ville. Avec ces restants, je fais des jouets pour les jumeaux qui apprécient bien mes efforts, tout comme mes parents qui sont très fiers de moi.

Pays d'origine : Irlande
Matériau : porcelaine

 Tous les jours, du matin au soir, je garde les moutons dans un champ loin de la maison. Parfois, je dois même dormir à l'extérieur, sous les étoiles, loin de ma famille. Au bout de quelques jours, je retourne chez moi avec mon troupeau, très heureux d'être là et reconnaissant d'avoir une famille qui m'aime bien. Je suis toujours content puisque je peux revoir mes plus jeunes frères et leur raconter mes aventures, avant qu'ils aillent se coucher. Puis, je passe une soirée tranquille avec mes parents avant d'aller, moi aussi, dormir dans un lit confortable et chaud. On est si bien dans son propre lit!

Pays d'origine : Norvège
Matériaux : mousse, plastique, bois

Ce soir-là (c'était vers la fin du mois de décembre), accroupi dans l'herbe, jouant quelques airs tranquilles et mélodieux sur ma flûte pour endormir les moutons, j'aperçois dans le ciel une lueur étrange et forte qui s'élève d'un point fixe, environ une heure de marche plus loin. De plus, j'entends à peine un chant harmonieux provenant du même endroit. Curieux, je voudrais bien m'y rendre pour aller voir cette lumière, mais déjà mon troupeau s'est calmé et presque toutes les bêtes dorment. Je me contente donc de m'étendre moi aussi et de m'endormir, bercé par cette musique enchantée. À mes côtés dort déjà Frisée, mon agnelle préférée, qui est constamment à mes côtés.

Pays d'origine : Pérou
Matériau : terre cuite

Le lendemain matin, je m'éveille au chant des oiseaux. J'adore me réveiller au son de la nature. Parfois, c'est l'eau de la rivière qui me soustrait de mes rêves; d'autres fois, c'est le vent dans les feuilles. Toujours, quand je dois dormir dehors, loin de chez moi, je sens ma place dans la nature puisque je me réveille par elle, en même temps qu'elle. Aujourd'hui, c'est la nature avec un chant comme jamais je n'en ai entendu auparavant. Ouvrant mes yeux bien grand et me tournant la tête pour mieux l'entendre, ce chant qui provient de l'arbre situé derrière moi, j'ai peine à y croire. Je vois un oiseau vêtu d'un plumage blanc, qui n'est pas apeuré par ma présence. Il semble même être content de me voir, se rapprochant de moi en sautant de branche en branche, tout en chantant de plus vive voix. Pendant quelques minutes, je reste étendu, immobile, à le regarder avec stupéfaction, à lui parler doucement et à vanter ses talents de chanteur.

Pays d'origine : République dominicaine
Matériau : terre cuite

L'oiseau chante et je suis même capable de comprendre tous les mots de son chant. Encore une fois, je comprends comment il est vital d'écouter tous les sons qui nous entourent puisque, la plupart du temps, ils portent des messages importants. D'une voix douce et musicale, l'oiseau me dit qu'un enfant très spécial est né cette nuit. Il ajoute que ma visite et tout ce que j'apporterai lui feront bien plaisir. Dans son refrain qu'il répète souvent, l'oiseau m'invite à le suivre jusqu'à l'endroit où est couché l'enfant, pour aller lui rendre hommage. Il chante et me parle, et moi, je continue de l'écouter. Je suis tout à fait émerveillé par la blancheur, l'éclat et la richesse de son plumage, et enchanté par la beauté de tout ce qui sort de son bec, surtout ses messages d'amour et de paix. Après quelques minutes, je décide de le suivre.

Pays d'origine : Vietnam
Matériaux : stéatite, paille, bois

Tout en continuant son chant, l'oiseau sautille d'un arbre à l'autre et attend que j'arrive avec mon troupeau. Mes moutons suivent bien mes ordres aujourd'hui puisqu'on se dirige vers de nouveaux pâturages. Mon cœur palpite de joie! De telles aventures surprenantes et si inattendues brisent facilement la monotonie qui s'installe trop souvent dans les journées des bergers! Perdu dans mes pensées à l'idée d'aller voir un nouveau-né, je ne m'aperçois, qu'à la dernière minute, que l'on est rendu, comme par enchantement, en face d'un champ de fleurs dont je ne connaissais même pas l'existence; un champ rempli de milliers de fleurs d'un rouge écarlate. Encore, c'est de la pure fantaisie: je venais à peine de penser qu'il serait bon d'apporter un cadeau à ce nouveau-né et ses parents.

Pays d'origine : Bethléem, Cisjordanie
Matériau : bois d'olivier

Tout en cueillant plusieurs fleurs et les mettant dans mon sac, je tiens à l'œil mon troupeau que je guide, sous l'invitation de l'oiseau, vers un endroit oublié que ma mère m'avait jadis décrit. Ses parents avaient habité une petite maison qui était maintenant abandonnée et en décombres; seule une étable restait debout, témoin de l'endroit où avaient déjà vécu mes grands-parents maternels et ma mère. Malgré le fait que l'étable appartenait maintenant à mes parents, rarement ils s'y rendaient, sachant que les champs avoisinants ne suffisaient plus à nourrir nos animaux. Ces terrains rocailleux ne valaient pas, d'après mon père, la richesse de nos champs argileux où poussait l'herbe pour nos moutons.

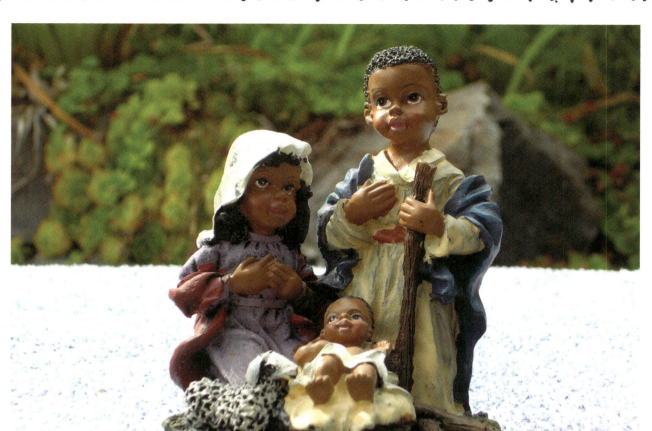

Pays d'origine : Canada
Matériau : plastique

À mesure que j'approchais de l'endroit, je voyais que le côté droit de la maison était tombé sous son propre poids mais que l'étable semblait encore fort solide. La tranquillité régnait. Seuls le murmure des personnes et le jappement des chiens provenant du village qui se situait tout près, brisaient le calme qui s'était établi à cet endroit.

Rendu près de l'étable, je suis fort surpris de voir qu'elle est habitée. Me dissimulant derrière un olivier, je peux y voir trois personnes. Un bébé, enveloppé de langes, est couché sur la paille dans une mangeoire, devant quelques animaux, un bœuf et un âne. La mère est occupée un peu plus loin à préparer le repas, pendant que l'homme est affairé, à l'orée du bois, à couper des branches pour le feu de cuisson. L'enfant semble dormir, sous le souffle bienfaisant du bœuf et de l'âne.

Pays d'origine : Canada
Matériau : pâte à modeler

L'oiseau continue son chant mélodieux et m'invite encore à le suivre jusqu'au nouveau-né. Rendu à quelques pas de la mangeoire, je regarde le bébé attentivement. Il ouvre alors grand les yeux et me fixe du regard. M'approchant de l'enfant, je lui remets un premier cadeau, un simple petit cadeau, le seul que je possédais dans les mains, un petit morceau de bois que j'avais commencé à sculpter pour mes deux frères. Je sais que tous les jeunes garçons adorent jouer avec des petits morceaux de bois. Mon geste fait sourire l'enfant qui me tend la main, sous l'œil approbateur de l'oiseau qui chante de plus belle, ce qui semble le fasciner.

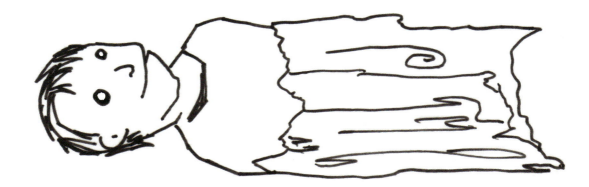

Pays d'origine : Mexique
Matériaux : glaise, bois

Mon troupeau est resté de l'autre côté de l'olivier, occupé à brouter paisiblement. Seuls deux agneaux, Frisée et Noiraud, m'ont suivi jusqu'à la mangeoire, près de laquelle ils s'installent pour manger. Alors que Noiraud s'étend par terre, Frisée reste debout et l'enfant réussit à lui toucher le museau, sous l'œil attentif du bœuf. L'enfant et Frisée se regardent attentivement et semblent même se parler, tellement ils sont épris l'un de l'autre.

La mère s'approche alors de nous. Un calme apaisant émane de tout son être. D'une voix douce, même angélique, elle me questionne et me demande mon nom.

Adjani, lui dis-je.

Moi, c'est Marie. Là-bas, c'est Joseph, mon époux.

Pays d'origine : Mexique
Matériaux : glaise, verre, noix

Elle me présente ensuite à Jésus, puis, s'éloigne après avoir flatté les deux agneaux et souri à l'oiseau, pour aller continuer à préparer le repas, cette fois-ci à quelques pas de la mangeoire.

Pendant les quelques moments passés avec Jésus, je n'arrive pas à détacher de lui mon regard. Ce n'est pas le premier petit bébé que je vois, mais je me sens hypnotisé par la beauté de son visage, surtout par l'éclat et la vivacité de ses yeux. Je sors alors les fleurs de mon sac et les étend sur ses langes, à ses pieds. Marie, sa mère, se retourne au même moment et me sourit, en même temps que l'enfant pousse un cri de joie.

Pays d'origine : Canada
Matériau : œuf

Un peu plus tard, je dois le laisser puisque mes animaux m'attendent, mais je me promets de revenir le lendemain. A l'instant même où je prends cette décision, les yeux de Jésus s'animent et il me sourit. C'est comme s'il avait lu mes pensées!

Je rassemble mon troupeau et décide de laisser derrière mes deux agneaux jusqu'à mon retour le lendemain. Je sens que leur présence auprès de Jésus, surtout Frisée qui est encore debout tout près de lui, l'aidera à se tenir bien au chaud dans sa mangeoire.

Pays d'origine : Pérou
Matériau : terre cuite

Les jours suivants, je retourne à l'étable chaque après-midi. Toujours, je passe presque tout mon temps avec Jésus, n'échangeant que quelques mots avec les deux parents qui, pourtant, sont très heureux de me revoir et de me donner un peu de nourriture. Jamais, je ne peux rester longtemps, puisque mes bêtes doivent brouter et boire à la rivière. Je remarque que Frisée et l'oiseau blanc sont très fidèles à leur poste. Frisée demeure debout tout près de Jésus, tandis que l'oiseau, perché sur une poutre de l'étable, continue à le distraire avec ses chants mélodieux.

Pays d'origine : Mexique
Matériau : glaise

Puis, un bon jour, durant l'après-midi, je m'y rends et j'ai peine à y croire! L'étable est vide! Jésus est parti! Marie est partie! Joseph est parti! Le bœuf et l'âne sont partis! Seuls mes deux agneaux m'attendent et ils semblent bien contents de me revoir. À genoux, je les cajole, tout en regardant autour de moi.

Le feu de cuisson est noyé; il ne reste plus de paille dans la mangeoire; l'oiseau blanc est absent. Une tranquillité étrange règne. Seul le bruit du battement de mon cœur, nourri par la déception, interrompt le silence qui s'est établi. Triste, je me rends bien compte que l'enfant me manquera, ainsi que mes visites que j'anticipais quotidiennement. Tête baissée, les pieds lourds, je retourne vers mes bêtes que je reconduis près de la rivière où je m'assois et m'apitoie sur ma peine. Sentant ma tristesse, Frisée vient s'étendre près de moi, la tête sur ma cuisse. Mon seul brin de bonheur est que je dois retourner à la maison ce soir avec mes bêtes, où je pourrai passer un peu de temps avec ma famille, surtout mes deux petits frères à qui je veux donner deux autres sculptures que j'ai taillées dernièrement.

Pays d'origine : **Pérou**
Matériau : **glaise**

Après un bref séjour de deux jours à la maison, je reviens au même endroit, espérant revoir Jésus et ses parents. Mais, en vain! Ils sont partis à tout jamais. La larme à l'œil, je quitte l'étable. Je garde tout de même de bons souvenirs de ces quelques journées passées en leur compagnie.

Au fil des prochains mois, de temps en temps, je passe par là avec mon troupeau. Toujours, l'endroit est vide de vie. Toujours, l'endroit déborde de silence. Il me semble que même l'herbe, les fleurs et les oiseaux ont quitté la région. Seule Frisée semble devenir plus agitée et excitée lorsqu'elle est près de l'étable.

Pays d'origine : Canada
Matériau : métal

L'histoire se poursuit douze ans plus tard. Âgé de 22 ans, j'ai déjà quitté la maison et la campagne pour aller travailler en ville. Comme mon père, je suis devenu un homme à tout faire; je peux bâtir des maisons, réparer des meubles, forger les métaux. Je suis maintenant capable de faire tous les métiers.

Un jour, je dois me rendre à Jérusalem pour aller aider mon oncle et mes cousins à bâtir une maison et réparer des meubles dans le Temple. Bientôt, on célébrera la Pâque et toute la ville se prépare pour l'occasion. C'est la première fois que je dois aller à Jérusalem et je sens que mon bref séjour dans cette ville changera ma vie à tout jamais.

Pays d'origine : Pérou
Matériau : pierre

En effet, trois jours plus tard, alors que je suis occupé à réparer des bancs dans l'antichambre du Temple, je vois entrer un jeune homme d'environ 12 ans. Celui-ci porte un objet dans sa main, qu'il dépose sur un banc que j'avais déjà réparé et mis près des brûleurs d'encens. Puis, il me regarde, me sourit, me salue de la tête et me dit:

C'est pour toi. C'est un cadeau pour toi, en signe d'appréciation pour tout ce que tu fais. C'est un cadeau pour toi, en signe d'appréciation pour tout ce que tu feras.

Pays d'origine : Canada
Matériau : plastique

Par la suite, après m'avoir regardé longuement et intensément dans les yeux, tout en me souriant, il se dirige vers le groupe des Maîtres de la loi qui étaient assis sur les bancs au milieu du Temple. C'est alors que je le reconnais: Jésus!

Tremblant de joie, je prends le petit cadeau et je regarde Jésus dialoguer avec les Maîtres de la loi. Pendant plus de trois heures, il répond à leurs questions et apaise leurs inquiétudes. Tout à fait à l'aise, il se tient debout au beau milieu d'eux et leur parle d'une façon captivante. Jamais je n'avais vu chose pareille!

Pays d'origine : Canada
Matériau : plastique

Sans gêne, il parle ouvertement et librement d'amour, de paix, de sagesse, de responsabilités, de respect et de piété. Et lorsqu'il parle de famille, de relations, de croissance et de divinité, tous les Maîtres de la loi le regardent bouche bée. À l'instant même, je m'aperçois comment il est spécial, ce Jésus!

Étant donné que j'avais promis à mon oncle de le rencontrer près du puits du village, je quitte le Temple, totalement enchanté de cette belle surprise, tenant toujours mon cadeau. Jésus demeure au Temple avec les Maîtres de la loi qui parlaient, écoutaient, questionnaient, répondaient et approuvaient d'un signe de tête.

Pays d'origine : Canada
Matériau : bois

Ce soir-là, seul dans ma chambre, je regarde longuement et attentivement le cadeau de Jésus. Tout en l'examinant de plus près, je suis envahi d'idées qui ne cessent de trotter dans ma tête. C'est alors que je le reconnais! C'est le morceau de bois que je lui avais offert à sa naissance, dans l'étable. De ses propres mains, une bonne dizaine d'années plus tard, il avait continué à le sculpter et en avait fait une petite statue d'un berger. Surpris, totalement touché par la rencontre surprise avec Jésus et ému devant la simplicité de son geste, je laisse la statuette sur la table près de mon lit et tombe endormi, sourire aux lèvres, satisfait et calme malgré l'épuisement.

Pays d'origine : Canada
Matériau : plastique

 Quelques jours plus tard, je retourne à Nazareth visiter mes parents et les aider un peu durant quelques semaines. Un bon matin, je décide de m'occuper des moutons et les conduis près de la rivière qui est beaucoup plus loin. Je sais que je devrai dormir quelques nuits sous les étoiles, comme lorsque j'étais plus jeune, mais je sens aussi que ce brin de solitude me sera bénéfique.

Pays d'origine : Canada
Matériau : métal

Durant l'après-midi, alors que le soleil se cache derrière les nuages, je passe avec mon troupeau près de l'étable où est né Jésus. Rassuré que toutes mes bêtes sont bien près de la rivière, je décide de m'approcher de l'endroit. Je m'aperçois vite que l'étable se détériore rapidement. D'une structure qui était encore très solide quelques années passées, l'étable est devenue délabrée. Je la vois maintenant par terre, aussi détériorée que la maison. J'ai de la difficulté à accepter que cet endroit soit tombé en ruine. Je prends donc la décision de remplir mon sac du bois provenant de l'étable et de faire une petite crèche dès mon prochain retour à la maison.

Pays d'origine : République dominicaine
Matériau : terre cuite

Ce même soir, je suis assis par terre devant mon petit feu, sous les étoiles scintillantes, à jouer un air mélancolique sur ma flûte. Tous les moutons dorment paisiblement. Seule Frisée, qui est devenue une belle brebis, ne dort pas. Au contraire, elle s'avance près du feu qui pétille, vient s'étendre près de moi et repose sa tête sur ma cuisse.

Lui flattant la tête, je lui parle de tout et de rien et je lui raconte mon aventure au Temple, particulièrement de ma rencontre avec Jésus et de la réaction des Maîtres de la loi devant ses paroles. Puis, je lui montre le cadeau que Jésus m'a remis la semaine passée, la statuette du berger. Je lui parle aussi de ma décision de me bâtir une petite crèche. Pour moi, il est important de la bâtir, cette petite crèche, parce que je ne veux pas oublier la naissance de Jésus qui est devenu un jeune homme éloquent, fascinant et extraordinaire.

Pays d'origine : Allemagne
Matériau : plâtre

 À ce moment-là, Frisée se lève et se place à quelques pas de moi. Elle me regarde attentivement et intensément, tout en émettant quelques bêlements. Puis, tous les deux, on s'étend l'un à côté de l'autre, pour essayer de dormir sous le ciel débordant d'étoiles. De temps en temps, je siffle un air connu et Frisée bêle. C'est un genre de dialogue qui s'installe entre nous deux. Petit à petit, les paupières deviennent lourdes et le sommeil réussit à nous apprivoiser.

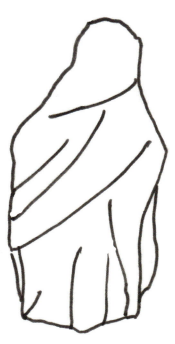

Pays d'origine : Mexique
Matériau : plâtre

Le lendemain matin, je me lève tout à fait reposé. Toute la nuit, j'ai rêvé d'anges, d'étoiles, de bergers, de rois, de moutons, de Marie, de Joseph et, bien sûr, de Jésus qui m'a beaucoup parlé. Dans mes rêves, j'ai longuement dialogué avec Jésus, et ses paroles sont encore très claires dans ma tête.

Il a commencé par me remercier pour les cadeaux reçus lors de sa naissance: les chants de l'oiseau blanc; la présence de Frisée et de Noiraud durant les quelques jours passés dans l'étable; les fleurs que j'avais déposées sur ses langes; et le morceau de bois que j'avais commencé à sculpter. Tous ces cadeaux avaient été fort appréciés.

Pays d'origine : Mexique
Matériau : pâte à modeler

Puis, il m'a parlé de l'oiseau blanc et de ses messages d'amour et de paix. Il m'a dit que, parfois, les hommes oublieraient l'importance d'une bonne entente entre eux, mais que, dorénavant, ils se souviendraient toujours des bienfaits de la paix, de la tranquillité, du calme et de la sérénité lorsqu'ils verraient l'oiseau de paix.

Pays d'origine : Cuba
Matériau : pâte à modeler

Par la suite, il m'a remercié de la présence de Frisée qui avait été son premier contact avec le monde extérieur, à part de ses parents. Dès qu'elle était entrée dans l'étable, Frisée s'était dirigée vers la mangeoire, restant debout presque à toutes les heures du jour et de la nuit. En lui touchant le museau avec sa petite main, Jésus lui avait parlé et l'avait remerciée profusément de sa présence. En retour, elle avait ressenti sa chaleur humaine et ses messages de reconnaissance, de paix et d'amour.

Toutes les nuits, Frisée l'avait réchauffé de son souffle. Oubliant sa propre fatigue, elle avait pris son rôle au sérieux, insufflant sa chaleur corporelle au profit de l'Enfant Jésus. Ah, comme un geste aussi simple qu'un souffle peut faire toute la différence dans la vie d'une personne! Ce souffle, ajouté à ceux de son frère Noiraud, du bœuf et de l'âne avait permis à Jésus de se tenir au chaud et de passer de belles nuits reposantes.

Pays d'origine : Pologne
Matériaux : plâtre, bois

 Les fleurs que j'avais laissées sur ses langes les avaient aussi grandement touchés, lui, Jésus, et sa mère, Marie. Les fleurs rouges avaient apporté de la couleur à l'étable et dans le cœur inquiet de sa mère. Dorénavant, m'a annoncé Jésus dans mes rêves, toutes les mères de la Terre apprécieraient ce geste d'amour qui ne cesse de tout dire.

Pays d'origine : Canada
Matériau : verre

 Jésus m'a aussi dit à quel point il avait été heureux de recevoir le petit morceau de bois. Son premier jouet! On oublie rarement son premier jouet! Celui-ci lui avait apporté beaucoup de joie durant ses premières années et, lorsqu'il avait été un peu plus âgé, il avait réussi, avec l'aide de son père, à le transformer, à lui donner un peu de vie. Un jour, ce même objet serait source de grande inspiration pour le jeune homme qui avait été le premier sur Terre à lui montrer la grandeur et la valeur des cadeaux.

Pays d'origine : Sri Lanka
Matériau : terre cuite

Puis, il m'a félicité du beau travail que j'avais fait au Temple lorsque je suis allé réparer les bancs. Il m'a dit comment il est important de bien accepter ses talents et de les utiliser à de bonnes fins. Il m'a fait comprendre que je dois utiliser mes talents de menuisier et de charpentier le plus souvent possible pour aider les autres personnes, tout comme mes deux frères jumeaux doivent utiliser leurs talents d'écriture et leur intelligence à rédiger et enseigner aux plus jeunes comment lire et écrire. A chacun ses talents!

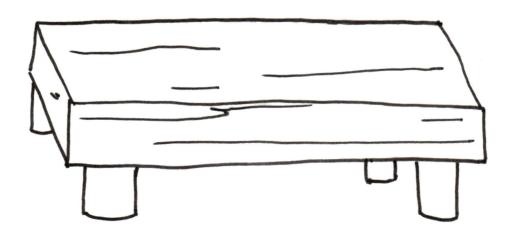

Pays d'origine : El Salvador
Matériau : terre cuite

Plus tard dans mon rêve, Jésus m'a parlé de ma décision de me bâtir une petite crèche. Il m'a invité à en bâtir autant que possible et à les distribuer à qui en voudrait. Il m'a fait comprendre que si je n'en bâtis qu'une et que je la place sur ma table dans ma chambre, tel que prévu, peu de gens pourront la voir et se souvenir de cette nuit spéciale. Plus il y aura de personnes qui auront des crèches, plus il y aura de personnes qui vivront, dans leur cœur, le caractère spécial de cette nuit. Il m'a assuré qu'il y aurait du bois disponible provenant de l'étable autant que j'en voudrais. Je n'aurais qu'à continuer à utiliser les morceaux mis dans mon sac; Jésus verra à ce qu'il y en ait toujours.

Pays d'origine : Pérou
Matériau : stéatite

 Me parlant de crèches, Jésus m'a mentionné un point important. Il m'a fait remarquer que, dans sa crèche de naissance, il y avait avec lui, Marie et Joseph, ainsi que les animaux, les bergers et les Rois Mages, sans oublier les anges venus du ciel. Il m'a donc invité à inclure, dans la mesure du possible, tous ces personnages dans mes crèches. De cette façon, tous les gens qui verront mes crèches pourront remarquer qu'il est possible de rassembler dans un même endroit les plus riches et les plus pauvres, ainsi que les plus jeunes et les plus âgés.

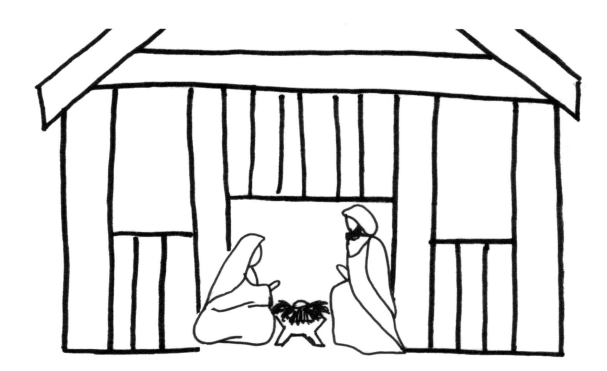

Pays d'origine : Mexique
Matériaux : coton, paille, bois

Par la suite, il m'a aussi parlé de personnes qui deviendront des collectionneurs de ces crèches. Grâce à eux, de plus en plus de personnes à travers les âges connaîtront l'histoire de la naissance de Jésus, puisqu'ils exposeront leur collection de crèches. Certains d'entre eux bâtiront des crèches mais, en général, ils se contenteront de les accumuler.

Malgré le fait qu'il y aura plusieurs de ces collectionneurs, il n'y aura qu'un seul Grand collectionneur par pays. Le rôle de ces Grands collectionneurs sera de s'assurer que la signification de la crèche soit connue d'autant de personnes que possible. Par leur dévouement à la cause, leurs connaissances et leur sagesse, ces Grands collectionneurs verront à ce que tous les enfants aussi soient impliqués dans le monde des crèches.

Pays d'origine : Pérou
Matériaux : œuf, plâtre

Il sera facile de savoir si un pays a besoin d'un Grand collectionneur: dans le ciel, on pourra voir une étoile filante qui annoncera au monde que l'on recherche un autre Grand collectionneur. Elle invitera les gens à réfléchir sur la beauté de tout ce qui les entoure, sur le rôle de chacun dans le monde, et sur toutes les affinités que les gens partagent entre eux, peu importe leur race.

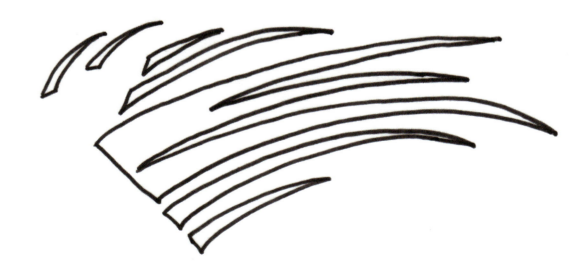

Pays d'origine : El Salvador
Matériau : terre cuite

Ne sachant pas trop ce qu'était une étoile filante puisque je n'en avais jamais vu, Jésus me l'expliqua dans ses propres mots.

Les étoiles filantes sont des fragments d'étoiles provenant de l'Étoile qui avait dirigé les Rois mages le soir de ma naissance. Ces morceaux de l'Étoile se promèneront dans le ciel jusqu'à la fin des temps, invitant les hommes à s'arrêter pour regarder attentivement la voûte céleste, à penser, à réfléchir, à s'émerveiller et à rêver. Jamais une étoile filante ne passera inaperçue. Aux gens qui la regarderont attentivement, elle apportera émerveillement, questionnement, espoir et paix. Dorénavant, les étoiles filantes feront partie intégrale de la voûte céleste et s'ajouteront à toutes les beautés terrestres qui existent déjà. Contrairement à tous les autres éléments de la nature que l'on admire, les étoiles filantes se feront remarquer par leurs actions, et non par leur beauté.

Puis, il termina son explication au sujet des étoiles filantes en me disant que j'en verrais une, pour la première fois, lorsque je serai en présence du premier Grand collectionneur de crèches.

Pays d'origine : Portugal
Matériaux : métal, bois

Et voilà, Marek, pourquoi je fais des crèches. Sans elles, l'histoire de la naissance de Jésus risque de passer inaperçue. Depuis cette nuit où Jésus est venu me parler dans mon rêve, j'ai fabriqué, à temps perdu, près de quarante crèches différentes, me servant de coquillages, de métal, de bois, de paille, de copeaux. J'ai toujours réussi à intégrer au moins un morceau de bois provenant de l'étable où est né Jésus et il m'en reste encore. Je peux donc continuer à bâtir des crèches. Si cela t'intéresse, Marek, tu pourrais même venir m'aider le soir, après nos activités de la journée et le souper».

Pays d'origine : Pérou
Matériaux : carton, plastique

C'est ainsi que, depuis cette soirée, Marek et Adjani fabriquent des crèches et les distribuent aux gens intéressés, question de rendre hommage à Jésus, question de s'assurer que son histoire ne soit jamais oubliée. De temps en temps, ils regardent les étoiles, juste au cas où ils verraient une étoile filante. On ne sait jamais!

Pays d'origine : El Salvador
Matériau : terre cuite

 Tous les soirs, même si Marek ne peut se joindre à lui, Adjani continue à travailler dans son atelier. Petit à petit, il partage ses crèches avec Marek. Lui donner ses crèches lui fait du bien parce qu'il sait que Marek a compris l'histoire, le sacré de l'histoire, le caractère spécial de l'histoire de la naissance de Jésus. Il sait que ses crèches sont maintenant entre bonnes mains. Il sait que Marek prendra la responsabilité de les propager. Il sait qu'avec les autres collectionneurs, surtout les Grands collectionneurs de crèches, l'histoire sera connue.

Pays d'origine : Canada
Matériau : acrylique

Aujourd'hui, 21 ans après sa décision de bâtir des crèches, Adjani a utilisé le dernier morceau de bois provenant de l'Étable. Il peut maintenant se reposer. Il peut maintenant penser à Frisée qui lui avait dit le même message que Marek:

- Merci Adjani pour les crèches. Grâce à toi, le monde se souviendra de la plus remarquable des belles histoires.

En effet, grâce à Adjani et les Grands collectionneurs de crèche, l'Histoire ne sera jamais oubliée.

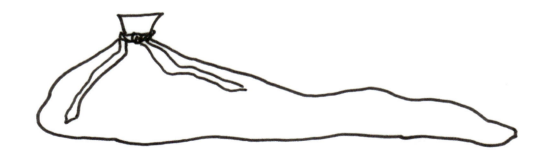

Pays d'origine : Canada
Matériau : plastique

Pays d'origine : Mexique
Matériau : plastique

Pays d'origine : Canada
Matériaux : verre, plastique